SEREN A SBARC

Argraffiad cyntaf: 2019

Ariannwyd y llyfr hwn gan Lywodraeth Cymru
mewn cydweithrediad ag Undeb Rygbi Cymru.

 ISBN Print 978-1-83933-155-8 WG38899

Cyhoeddwyd ac argraffwyd yng Nghymru gan
Llyfrau Broga Books, 57 Bishops Road, Yr Eglwys Newydd,
Caerdydd CF141LW

www.broga.cymru

I blant dosbarth 2J, Ysgol Melin Gruffydd.
Daliwch ati i sbarclo a serennu!

SEREN A SBARC

YN ACHUB (CWPAN) Y BYDYSAWD

GAN
HUW AARON
AC
ELIDIR JONES

SGÔR 5,678,100
BYWYD
AAAAAA!
MAE GWYF-RA YN CHWALU DINAS TOKYO!
PWY ALL HELPU?

SBARC! ARWR GORAU'R BYD, WRTH GWRS!
PAID Â PHOENI, TOKYO.
WNA I DY ACHUB!
HEI! Y PILIPALA BLEWOG! GEN I ANRHEG I TI!
TAP TAP
HM?
SORI... DYDI HI DDIM WEDI EI LAPIO!
CABOW!!

GRR.
WELL GEN TI DOCYN LLYFR?.
BLWYY WF!
FFWMMMSHH!
WPS!
EDRYCH FEL T ANGEN HELP!
...
HA HA! ARWR GORAU'R BYD????!
TISHE ?
NA!
IAWN TA, GWYF-PLOPS ROWND DAU! A RŴAN DWI'N SBARCLI I'R EITHAF!
BAROD AM—
BLWP
BE?

WPS.
SEREN! NAAAAAAAAAAAAAAAAAAAAAAAA
AAAA
SBARC.
AAAA-
TAW.
PLONC
OND RO'N I AR FIN ACHUB TOKYO.
HY!
ROEDDET TI'N CAEL CRASFA GAN BILIPALA. NI FOD I WEITHIO FEL TÎM!
A SUT DWI FOD I HELPU HEB FATRIS YN FY RHEOLYDD?
TYBED SUT DIGWYDDODD HYNNY?
YMM..
DIWRNOD CYNT
HI HI HI

PAM TI ANGEN CHWARAE'R GÊM 'NA O HYD, TA BETHI? NI'N ARWYR GO IAWN!
O, IA.
AR ÔL TRI?
UN!
DAU!
SAITH!.. NA! TRI!
NI YW...
SEREN A SBARC!
ARWYR GORAU'R BYDYSAWD!
ACHUBY BYD!
TRWY SIARAD CYMRAEG!
...A PHWERAU HUD.

RŴAN BOD Y GÂN DROSODD... 'NÔL AT ACHUB TOKYO
O NAGWYT DDIM.
SORI.
BLUP?
DOING
MAE'R RYGBI 'MLAEN.
CLIC
FSSHWM
RYGBI? Y GÊM 'NA LLE MAE PAWB YN ROWLIO O GWMPAS YN Y MWD?
YN GWISGO SGIDIAU PREN?
A CHWIFIO SOSEJ AR FFON HIR?

TI ERIOED WEDI GWYLIO RYGBI, NADDO?
WEL... NA.
MAE'N ANHYGOEL! PWÊR! CYFLYMDER!
DRAMA!
AC MAE TÎM CYMRU YN WYCH! AC MAEN NHW'N MYND I ENNILL CWPAN Y BYDYSAWD!
PETAI 'NA RYW FFORDD I MI DDANGOS I TI PA MOR CŴL YDI RYGBI...
SHWMP
W! POST!
GWAHODDIAD I'R DOSBARTH YSGOL WYLIO TÎM CYMRU YN YMARFER! HEDDIW!
DYNA GYD-DDIGWYDDIAD CYFLEUS I'R STORI!
WYT TI'N MEDDWL YR UN PETH Â FI?...

PAWEN...
LAWEN!
SMAC!
CLEP
MAE'N RHAID INI WEITHIO AR Y BUSNES 'GWEITHIO FEL TÎM' YMA...
HEI- WELL I NI FYND!
IAWN!
DDANGOSA I I'R CHWARAEWYR 'MA BE DI PŴER... CYFLYMDER...
A SBARCLS?
I'R EITHAF!

FFWRDD Â NI!
NI'N CYCHWYN AR ANTUR ARALL, MRS PUW! DŴR I'R PLANHIGION PLIS!

DYMA NI- A DYNA'R BWS YSGOL!
URC
Y FRO
LAWR Â NIIIIII!
WSHHHH
CRASH!
DWYT TI ERIOED WEDI DYSGU GLANIO, Y TWMFFAT?
AMSER COFRESTRU, BLANT. SEREN?
YMA!
SBARC?
YMA.
DEWCH YMLAEN 'TE. MAE'R DAITH AR DDECHRAU!
CROESO

CROESO I BENCADLYS RYGBI CYMRU!
MAE POPETH YMA WEDI EI SEILIO AR EIN PRIF WERTHOEDD:
PRIF WERTHOEDD:
GONESTRWYDD
TEULU
HIWMOR
HA!
RHAGORIAETH
LLWYDDIANT
1af
DEWRDER
...AC, WRTH GWRS, GWEITHIO FEL TÎM.
DDWEDAIS I, DO?
FI WEDODD, Y SLEJ!
GRR
GRR

AHEM. A SÔN AM GYDWEITHIO, GADEWCH I MI GYFLWYNO RHAI O'N HAELODAU PWYSIG!
PENNAETH FFITRWYDD...
FFITRWYDD FFITRWYDD FFITRWYDD
SWYDDOG CYLLID...
ARIAN ARIAN ARIAN
DIETEGYDD...
SMŴDDI SBIGOGLYS?
A BOB.
NI DDIM CWEIT YN SIŴR BETH MAE'N EI WNEUD.
'BOB DIM JOB' NI'N EI ALWE.
HELÔ
HOFFECH CHI WELD FY NGHASGLIAD O GWPANAU?
YM, RHYWBRYD ETO, FALLE.
...AC WRTH GWRS... EIN CHWARAEWYR!
TÎM CYMRU!

CROESO, BLANT! MAE RYGBI YN GÊM I CHWARAEWYR O BOB SIÂP.
CYLCH?
YM... IE, DIGWYDD BOD.
TRIONGL?
MAE 'NA AMBELL UN TRIONGLOG
SGWÂR?
SIŴR IAWN.
HECSAGON?
HMM... FALLE DDIM.
CROESO, BLANT! MAE RYGBI YN GÊM I CHWARAEWYR O BOB SIÂP HEBLAW AM HECSAGON.

NAWR, MAE'R CHWARAEWYR ANGEN YMARFER RHAI O'U SGILIAU.
WEDI'R CYFAN, RY'N NI'N CYCHWYN AM GYSTADLEUAETH CWPAN Y BYDYSAWD O FEWN YR AWR - YN SIAPAN.
PWY SYDD AM YMUNO GYDA'R HYFFORDDI?
FI! FI! FI!
DOES DIM UN TÎM RYGBI YN MEDRU STOPIO YR UN A'R UNIG UN...
SBARC!
WSHH
"RHEOL 567(b): DIM HEDFAN GAN DDEFNYDDIO AWYREN, NA PHWERAU HUD".
DIM PROBLEM. BLE DDYLSWN I SEFYLL?
FAN HYN.
O.

YN GYNTAF: DAL PÊL!
EDRYCHWCH AR Y BÊL...
WAP!
...NID YR AMDDIFFYNNWR!
CRENSH
NESAF: PASIO!
DEWISWCH EICH TARGED
AC ANELWCH YN OFALUS.
AIII!

Y DASG NESAF: OSGOI AMDDIFFYNWYR.
BOINC
BOING
BOINC
BOINC
HAWDD!
CYFLYMDER!
SHHHWW
NID CYFLYMDER YN UNIG SYDD ANGEN.
MAE'N RHAID OCHRGAMU.
SGIP
SGIP

NAWR, MAE'R HWYL YN DECHRAU. TACLO!
AR DY ÔL DI, SBARC!
HMM. DIOLCH? WEL-AMDANI!
BAAAAAAA!
BONC
WA!
O LLE DAETH Y TRÊN 'NA?
YSGWYDD LAWR, AC ANELA AM Y COESAU TRO NESA.
DIOLCH AM Y CYNGOR!

NESAF: CICIO AT Y PYST! YN AML, UN GIC FYDD YN PENDERFYNU CANLYNIAD Y GÊM.
MAE'N RHAID CANOLBWYNTIO
TAWELU'R MEDDWL ...
A GWTHIO'R DROED YN LLYFN DRWY'R BÊL
CICIO MOR GALED Â PHOSIB.
HAWDD!
1
2
3!
PAFF
AW
SHONC!
WPS. SORI!
NESAF: SGRYMIO!

SAWL SGRYM YN DDIWEDDARACH
DW I ERIOED WEDI BLINO GYMAINT.
MAE RYGBI'N ANODD. PWY FYDDAI'N MEDDWL?
OND MAE'R PENTWR YNA O FAGIAU YN EDRYCH YN GYFFORDDUS.
GAWN NI ORFFWYS AM FUNUD FACH?
PAM LAI? BETH YW'R GWAETHA' ALL DDIGWYDD?
AHHHH!
AHHHH
FFLOP
OND...
BÎP BÎP
CHCH CHCH
ZZZ
¡SIAPAN
BÎP BÎP BÎP

HM?
SBARC!
PUM MUNUD BACH ARALL
DEFFRA!
CLONC!
AW!
DWI WEDI MYND YN DDALL! AAAAA!
TYWYLLWCH TI'N GALW HYN, Y PEN MAIP.
BLE YDYN NI?
WEL... ROEDDEN NI WEDI DISGYN I GYSGU AR BEN PENTWR O FAGIAU TÎM CYMRU...
DO.
A ROEDDEN NHW AR FIN HEDFAN I SIAPAN...
CYWIR.

A FI'N CLYWED RYMBLAN, BRON FEL INJAN AWYREN...
A FI...
WYT TI'N MEDDWL YR UN PETH Â FI?
YDW, SIŴR IAWN...
'DAN NI WEDI EIN LLYNCU GAN DARW ENFAWR O'R ENW HUWCYN PLWMP.
NA. MAE HYNNY'N DWP.
MAE'R BAGIAU – A NI – YNG NGHROMBIL AWYREN...
...AR Y FFORDD I SIAPAN.
O, IA. MAE HYNNY'N FWY TEBYGOL.

SIAPAN! DWI WASTAD WEDI ISIO MYND I SIAPAN!
AROS FUNUD... PA MOR BELL YW HYNNY?
DIM SYNIAD. OND PETAI'N RHAID IMI DDYFALU... 6,042.37 O FILLTIROEDD.
SEF 15 AWR O DAITH.
DIM PROBLEM.
DIM PROBLEM O GWBL.
SEREN... DWI ISIO PI-PI...

7½ AWR
WEDYN...

BING BONG BING BONG BE...♫
PI-PIIIIIIIIIIIIIII!

7½ AWR

ARALL...

CLIC
CLIC
SSSHHMMMM
FFFMMMM
TOIIIIILET!

FELLY...
AAA. DYNA WELLIANT. A'DAN NI YN SIAPAN!
ようこそ
COFIA, MAE POBL SIAPAN YN GWRTAIS IAWN.
FELLY DIM GWEIDDI A BWRW POBL?
NA! DIM GWEIDDI A BWRW POBL!
WAP
IAWN! TRA'N BOD NI YMA, DWI ISIO GWELD Y CYFAN – MYNYDD FUJI!... GORNEST SUMO!...
...A'R BWYSTFILOD MAWR O'R MÔR YN YMOSOD AR TOKYO!
DYDYN NHW DDIM YN BODOLI GO IAWN, Y TWLSYN!
FELLY BE TI'N GALW HWNNA?
Y TWLSYN!

BR-AAAAP! BRAA
大きい
事務所
O, MAM BACH. ROBO-MADFALL!
ROBO-PENGWIN?
ホテル

SBIA! MAE'R FYDDIN YN YMOSOD! OS OES UNRHYW UN YN GWYBOD SUT I DDELIO EFO BWYSTFILOD MAWR O'R MÔR...
彼を撃ちます!
*"SAETHWCH E!"
BRACA
BRACABRACA
AR Y LLAW ARALL...
MAE E LAN I NI I ACHUB Y DYDD!
*"MAMI!!!"

IAWN 'TA. AR ÔL TRI. UN... DAU...
FFFSHWM!
YM... CHWECH?
DDYLIWN I FOD WEDI GWRANDO YN Y GWERSI MATHS...
DIM OND ROBO-MADFALL ENFAWR YW E! FI DDIM ANGEN SBARC!
YN ÔL I'R MÔR, MR. ROBOT! SHŴ
BRAP?
UN DEG-DEG? PEDWARDEG CANT...?
HEI! MAE SEREN YN CAEL YR HWYL I GYD!
AROS AMDANA I!
FFSHWM!

SEREN DDISGLAIR...
SEREN WEN
YN ANELU
AM DY-
NGG.. SBARCIO, I'R..
...BEN!
BWSH!
EITHAF!

WSH!
AW.
BANG!
WEL, O LEIA DIM OND UN ADEILAD WNAETHON NI CHWALU..
GWIIICH
BWSH
DWFF
CRAC!
WPS.
EDRYCHA! MAE'R ANGHENFIL YN TROI I FFWRDD!
MAE'R PERYGL DROSODD, DIOLCH I SEREN A SBARC!

SBIA... MAE'N PLYGU DROSODD...
CLYMU LASUS, FALLE?
HMMMMMMMM
BŴŴŴJJJ!
NA... LASER ANFERTH O'I BEN-ÔL.

BR-AAAAAAP!
GIGL GIGL GIGL
BRAP!
SBLOSH!

WEL, AETH HYNNY'N REIT DDA, DWI'N MEDDWL.
WAA! LLADRAD! BRAD! TRYCHINEB! WAAA!
HM?
MAE RHYWUN WEDI DWYN CWPAN Y BYDYSAWD!
WAA!
O, AC MAE PRIF WEINIDOG SIAPAN EISIAU 'CH GWELD CHI, AM RYW RESWM.
Ŵ!
PARTI, SIŴR O FOD! WELL I NI BRYNU BALŴNS

首相官邸
ADEILAD Y PRIF WEINIDOG
KONNICHIWA!* DIOLCH AM DDOD AR FYR RYBUDD. CHI YW EIN HUNIG OBAITH.
DIM PROBS, PRIF WEINIDOGS!
ACHUB Y DYDD YW EIN SWYDD!
...ACHOS MAE'R HOLL ARWYR ERAILL, GWELL, AR WYLIAU.
O.
ER BOD HANNER Y DDINAS WEDI CHWALU...
DIM BYD I WNEUD GYDA NI... HE HE...!
..DIOLCH BYTH, DOES NEB WEDI BRIFO. PAWB ARALL AR EU GWYLIAU HEFYD.
Ŵ! BLE? MYNYDDOEDD NAGANO? TEMLAU OSAKA? GERDDI YSBLENNYDD ISHIKAWA?
GWERSYLL YR URDD, LLANGRANNOG.

* 'HELÔ'

TRA BOD YR ANGHENFIL 'NA'N YMOSOD, CYMERODD RYWUN Y CYFLE I DDWYN...
ROBO-MADFALL? ROBO-PENGWIN?
...CWPAN Y BYDYSAWD.
銀河のカ
A YW'R MATH YMA O BETH YN DIGWYDD YN AML?
YM... NA?
DYDDIAU ERS YMOSODIAD GAN FWYSTFIL O'R MÔR: 1
ALLWN NI DRWSIO'R ADEILADAU
IE - BACH O DÂP SELO
BLŴ-TAC.
OND MAE'N RHAID DOD O HYD I'R CWPAN CYN Y GÊM.
...NEU FYDD Y TÎM BUDDUGOL
CYMRU!
YN CODI...
HWN.
PEIDIWCH Â PHOENI!
GAWN NI'R CWPAN YN ÔL I CHI!
ACHOS NI YW...

SEREN A SBARC,
ACHUB Y BYD!
(A FFEINDIO CWPANAU)
TRWY SIARAD CYMRAEG!
A PHWERAU HUD
PAAA
AWEN

...LAWEN!
SMAC!
WPS... SORI.
AW.
NI WIR ANGEN YMARFER HWNNA.
IAWN, IAWN
JYSD...
EWCH I NÔL Y CWPAN!
IAWN! HWYL!
O.. A'R ROBO-ANGHENFIL 'NA HEFYD, OS OES PUM MUNUD SBÂR 'DA CHI

CWPAN! CWP-CWP-CWPAAAN!
CWWWWWWPANNNNN
FAN HYN? HM... NA.
NA.
BE YN Y BYD WYT TI'N WNEUD?
BOD YN DDITECTIF!
NAG OES MWY I FOD YN DDITECTIF NA CHWIFIO UN O'R RHEINI O GWYMPAS?
WEL, OES... SIARAD Â THYSTION, ARCHWILIO, TYSTIOLAETH, YFED COFFI...
COFFI? YCH-A-FFFF!
UST!
YN FWY NA DIM, MAE ANGEN STELCIAN.

SUT I... STELCIAN!
1. Y PLENTYN AR FORE NADOLIG
2. Y GATH GYFRWYS
3. Y CRWYDRYN YN Y NOS
HEI! MAE STELCIAN YN HWYL!
HELÔ?
TAWEL, Y TWMFFAT!

SEREN A SBARC!
TÎM RYGBI CYMRU! BETH Y'CH CHI'N WNEUD FAN HYN?
CHI WEDI BOD YN CERDDED ROWND A ROWND EIN GWESTY AM AWR.
O.
NI WEDI BOD YN ARCHWILIO POB MILI-METR O'R DDINAS - O SWYDDFA'R PRIF WEINIDOG, YR HOLL FFORDD YMA!
SWYDDFA'R PRIF WEINIDOG?
YR ADEILAD DRWS NESA?
ADEILAD Y PRIF WEINIDOG
O. IE.
NI YMA'N YMLACIO CYN Y GÊM FAWR
NI METHU AROS I WELD Y CWPAN ANHYGOEL 'NA.
HO HO WRTH GWRS...

BE FYDDWCH CHI'N WNEUD I YMLACIO?
DIM BYD ARBENNIG...
GWYLIO TELEDU...
CROESO I DŶ CYW!
IEI!
CHWARAE GEMAU...
GRR!
AAA! GWYF-RA!
SGÔR
TAP TAP
JYGLO...
RHAI YN CYSGU...
chchchchch
WPS!
BONC!
...NEU DRIO CYSGU. SY'N ANODD, GYDA'R HOLL FYND A DOD YMA.

...POBL YN PASIO, BYTH A BEUNYDD.
GLYWSOCH CHI'R DYN 'NA YN GYNHARACH? OCH, Y SŴN!
SAÍN EI FEIO E. ROEDD É'N CARIO LLWYTH MAWR, DRUAN
...FE A'I SACH SIÂP CWPAN. CWPAN MAWR SGLEINIOG
...GYDA'R GEIRIAU "WEDI'I DDWYN" AR OCHR Y SACH.
HMM...
AHA!

BLE OEDD Y DYN YN MYND?
DRAW I'R WARWS AR BWYS Y DŴR. PAM?
O, DIM RHESWM. SBARC! AMSER MYND!
IAWN!
LLEIDR... SACH MAWR... SIÂP CWPAN...
TI'N MEDDWL YR UN PETH Â FI?
DIM OTS. WNA I ESBONIO. BANT Â NI!

HWYL, TÎM CYMRU! EWCH YN ÔL I YMLACIO!
IA! DYDY'R GÊM YN SICR DDIM MEWN PERYG!
A DYDI CWPAN Y BYDYSAWD YN SICR DDIM AR GOLL.
SBARC!
Y GÊM MEWN PERYG?
Y CWPAN AR GOLL?
JÔC DDA, SBARC! HA HA! HWYL!
GOBEITHIO EICH BOD CHI'N YMARFER EICH SGILIAU RYGBI ... A CHYDWEITHIO!

悪人の場所
カップ収納
DIM BYD AMHEUS YMA O GWBL.
GADDO.
WEL, DYMA NI.
AMSER GLANIO'N SAFF!
YM-
SMOSH!
WNA I DDEFNYDDIO'R DRWS.
LLE MAE'R HWYL YN HYNNY?

REIT 'TE.
'NÔL I...
STELCIAN!
IES!
I SIAPAN
I SIAPAN
I GYMRU
HMMMMMMMUM
HMMMMMM
SEREN?
HMMMMMMMMM
CLIC
CLIC
CLIC
WYT TI'N GALLU CLYWED-
WWPWWPWWP!
-RH
-RHYWBETH?
PIW
PIW
RHED!
MOR GYFLYM Â PHOSIB!

...NA! FYDD CYFLYMDER DDIM YN DDIGON. NI ANGEN...
OCHRGAMU!
PIW
BIW
PIW
PIW
PIW
PIW!
BWM
PIW
HA!
BWM
DOINC
CLAC CLAC CLAC CLAC
HA!

CRIW O ROBO-SAMURAI!
O, PWPS.
CAIAIAIAI!
SMAC
CRASH
SEREN!

NA! BE WNA I?!
SGILIAU RYGBI!.. DAL Y BÊL..
... A PHASIO!
FFLING!
WSHHH
BWM
FFLING!
FFLING!
WWWSSH
SHH
BWM!
CABLWS
WAHEI!

MAE'R ROBOTIAID
I GYD YN DOD O
GYFEIRIAD Y DRYSAU
ENFAWR YNA.
S-U-M-O
TYBED BETH MAE
'PUMP-U-M-SERO' YN
FEDDWL? A SUT MAE
-AGOR?
O...
SUMO!
FALLE FYDD
O'N ROBO-SUMO
ENFAWR
NEIS?

SUMO STWNSHO! SUMO SATHRU!
GRRRRR!
...NEU FALLE DDIM.
HEI SBARC! EDRYCHA AR EI GOESAU!
COFIA BETH DDWEDODD YR HYFFORDDWR?
YSGWYDD YN ISEL... ANELU AM Y COESAU...A...

TACLO!
NNG!
WIIII
CROMP!

DA DI'R BUSNES CYDWEITHIO YMA!
WELL I NI WELD BETH SYDD TU ÔL I'R DRWS 'MA
SUMO... CYSGU
PANED ODE, GOBEITHIO.
A BISGED, PLIS!
BETH YN Y BYD..?

CROESO...
I NEUADD Y CWPANAU!
GWNEUD JÔC AM Y TE O'N I.
IE - BYDDIN O ROBO-NINJAS O'N I'N DDISGWYL GO IAWN.

LLONGYFARCHIADAU, SEREN A SBARC.
RYDYCH CHI WEDI GWNEUD YN DDA IAWN I GYRRAEDD YMA.
OND NAWR, MAE'CH ANTUR YN DOD I BEN...
CLIC
YMA, YNG NGHUDDFAN DDIEFLIG...
DWMFF!

CAPTEN CWPAN!
TIHIHIHIHIHIHI!

MAE'N RHAID I TI WEITHIO AR Y CHWERTHIN YNA.
...HI... HI... HI...
"CAPTEN... CWPAN"?!
DIGON!
FI YW'R DIHIRYN MWYAF DYCHRYNLLYD...
CASGLIAD O GWPANAU?
...MWYAF CREULON...
AROS FUNUD...
...MWYAF DIRGEL...

HEI! DWIN DY NABOD DI!
BOB!
BOB DIM JOB!
NAGE!
CAPTEN!
CAPTEN CWPAN!
TI'N IAWN, SBARC! FELLY, BOB, YMUNEST TI Â'R UNDEB RYGBI ER MWYN CAEL CYFLE I GIPIO'R CWPAN!
CHWIP
FALLE.
OND PAM DOD Â'R HOLL GWPANAU YMA I SIAPAN?
WEL. IE. FI ERIOED WEDI GWARIO CYMAINT YN Y SWYDDFA POST O'R BLAEN.
WEDYN CYMRYD MANTAIS AR YMOSODIAD Y ROBO-MADFALL
PENGWIN
-I ANFON CRIW O LADRON I DDWYN Y CWPAN.
ROBO-LLADRON. AC ROEDD POSTIO NHW YMA'N BOEN HEFYD.
OND PAM?

FYDDECH CHI EISIAU CLYWED FY HOLL STORI,
MAE'N SIŴR, CYN I MI GAEL GWARED ARNOCH CHI?
YM... NA?
DIM O GWBL.
DECHREUODD Y CYFAN AMSER MAITH YN ÔL...
DOEDD Y BABANOD ERAILL BYTH YN FY HOFFI I.
WA!
GWGW
GA!
WAC!
SAI'N SIŴR PAM, CHWAITH.

WRTH I'R BLYNYDDOEDD FYND HEIBIO, GES I FWY O FFRINDIAU.
OND ROEDD GEN I UN FFRIND OEDD WASTAD YN FFYDDLON –
FY NGHWPAN!
MWY O GWPANAU!
OND DOEDD E BYTH YN DDIGON. DO'N I BYTH YN MEDRU DOD O HYD I'R CWPAN PERFFAITH...
...TAN I MI DDOD O HYD I...
GWPAN Y BYDYSAWD!

CWPAN WEDI EI DDWYN!
AC MAE DWYN YN ANGHYWIR!
PWY SY'N MYND I FY RHWYSTRO I NAWR? CHI?
SEREN DDISGLAIR?
SBARCLO I'R EITHAF?

FYDDIN! AR EU HOLAU!
SHING
GWICH
ROBO-NINJAS! OND DIM BISGEDI.
AMDANI!

CRAC
FFWWWSH
FFLINGG
WA!
HELP! SEREN!
DWFF!
MAE PETHAU BRAIDD YN DYNN ARNA I, SBARC!
TIHIHIHI! MAE'R ARWYR WEDI EU TRECHU! FI - CAPTEN CWPAN - SYDD WEDI HAWLIO CWPAN Y BYDYSAWD AM BYTH!
IEI!
NA.
?

HMM... FI DDIM YN COFIO POSTIO ROBOTIAID SIÂP CYLCH... TRIONGL... SGWÂR...
O, NA.
O, IE, BOB. TÎM RYGBI CYMRU.
RY'N NI YMA I GAEL Y CWPAN.
A SEREN A SBARC!
WEDI'R CWBL... NI'N DÎM!

WEL, FY MYDDIN GOSTUS IAWN O ROBOTIAID...
YDYCH CHI AM WNEUD MWY NA SYLLU?
YMOSODWCH!
LLINELL AMDDIFFYNNOL!
WMFF!
CLATSH!
PAFF!

1...2...3...
...SGRYMIO!
MAE HYN MOR CŴL. TÎM RYGBI CYMRU YDI'R GORAU!
DDYLIEN NI YMUNO, TI'N MEDDWL?
PAM LAI?
HYP!
WHSHH

DYNA FE! CAPTEN CWPAN!
MAE HI AR BEN ARNAT TI! DERE GYDA NI YN DAWEL.
NEU'N SWNLLYD. DOES DIM OTS, DEUD Y GWIR.
MAE GEN I UN TRIC AR ÔL.
FY NGHREADIGAETH ORAU. CHI WEDI EI GYFARFOD YN BAROD...
AI!
RHWWWYG
TI HI HI HI HI HI!

BRHHAAP!
Y ROBO-MADFALL!
ROBO-DEINOSOR YWE!
DAL YN EDRYCH FEL PENGWIN I FI...

OS NA CHA I'R CWPAN, GAIFF NEB Y CWPAN!
GARMON!
GARMON?!
TANIA'R LASER!
MAE'N TROI!
HMMMMM
...AC YN CODI EI GYNFFON!
MAE'N RHAID I NI FLOCIO'R LASER, CYN IDDO FO SAETHU!
MAE GEN I SYNIAD...
...OND BYDD ANGEN CYDWEITHIO!

HEI! PASIA'R BÊL!
AHA!
POB LWC!
PAID Â GOLLWNG.. PAID Â GOLLWNG.. PAID Â GOLLWNG...
HWRÊ! DA IAWN FI!
DY DRO DI, SEREN!
CHWIP
MAE GEN TI UN CYFLE.
CANOLBWYNTIO.
TAWELU'R MEDDWL.
A GWTHIO'R DROED YN LLYFN DRWY'R BÊL

HMMM
MMMMMM
MMM-
THYNC!
BRAP!

BRAA
BÎWÑM!
HWÑPH
HWRÊ!
DARO.

CNOC CNOC! PRIF WEINIDOG YMA! AI ROBO-PENGWIN YN CHWYTHU FYNU GLYWAIS I?
ROBO DEINOSOR!
IE WIR. A DYMA'R DIHIRYN ADEILADODD E-BOB DIM JOB!
CAPTEN CWPAN!
A CHWPAN Y BYDYSAWD-YN ÔL YN SAFF.
FY NGHWWPAAN!
GAD E FYND, BOB..
DIOLCH, SERENA' SBARC!
AWN NI AG E I'R SWYDDFA HEDDLU
WELWN NI CHI AR ÔL Y GÊM?
A'R CWPAN, GOBEITHIO!
BŴ HŴ.. CWPAN!

BRAAP?
WEL, DYNA NI—O!
'CO PWY SYDD WEDI DEFFRO GYDA PEN TOST!
...HEB SÔN AM EI BEN-ÔL...
BRAP...
BRAP! PAWEN!
HA! PAWEN LAWEN, ROBO-PENGWIN!
MAE E MEWN HWYLIAU GWELL!

ARIGATŌ,* SEREN A SBARC! AM ACHUB Y DYDD, DYMA DDAU DOCYN I'R GÊM. RHES FLAEN, WRTH GWRS.
DIOLCH! DWI'N CARU RYGBI RŴAN!
BETH AMDANI, SEREN?
YM, SORI SBARC.
...MAE'N WELL GEN I WYLIO AR S4C - ADREF YN FY NGHADAIR ESMWYTH.
A SUT WYT TI'N MEDDWL CYRRAEDD CYMRU CYN Y GÊM?
BR-AP!
WEL...
MAE GEN I SYNIAD...

*'DIOLCH'

FELLY...
FFFFWOMM!

*SAYŌNARA = HWYL FAWR!

DEG
MUNUD
WEDYN...

SNIP
BRAAP!
SNIP
DWMFF!
HYLÔ, MRS. PUW!

MAE'R GÊM AR FIN DECHRAU
'NÔL MEWN PRYD! NI'N GWNEUD TÎM DA!
MAE'R TIMOEDD AR Y CAE...
WYT TI'N MEDDWL YR UN PETH Â FI?
PAWEN...
CRASSH
AII
WAA!

LAWEN!
DW I WASTAD WEDI EISIAU ANIFAIL ANWES, SEREN!
BR-AAP.
Y DIWEDD

Hefyd gan Huw Aaron ac Elidir Jones: Yr Horwth

oed: 10+ www.atebol.com

Hefyd gan Huw Aaron: Ble Mae Boc?

Oed: 7+ www.ylolfa.com

Llyfr Hwyl y LOLfa

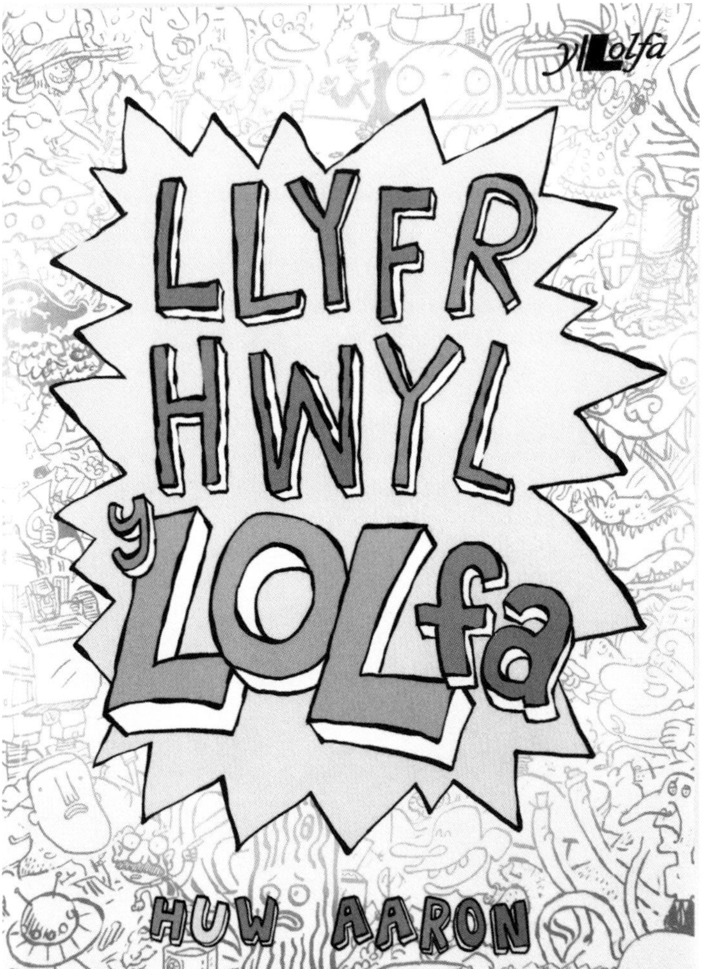

oed: 7+ www.ylolfa.com

Comic Mellten

Oed: 8+ www.ylolfa.com

Llyfrau doniol eraill gyda lluniau gan Huw Aaron:

www.atebol.com

www.gomer.com

www.atebol.com

BROGA